**FOLIO CADET**

Ce livre a été spécialement conçu par le prince
de Motordu et par sa femme, la princesse Dézécolle,
enseignante. Il est destiné à l'usage des petites billes
et des petits glaçons tordus pour qu'ils marchent droit
à l'école. Il a reçu l'autorisation de diffusion
dans les écoles par les extincteurs de l'Éducation
nationale et les groseilliers pédagogiques.

Mis en couleurs par Geneviève Ferrier

Maquette : Karine Benoit

ISBN : 978-2-07-053660-3
N° d'édition : 184548
Loi n° 49-956 du 16 juillet 1949
sur les publications destinées à la jeunesse
Premier dépôt légal : septembre 1990
Dépôt légal : mai 2011
Imprimé en Italie par Gruppo Editoriale Zanardi

Pef

# Les belles lisses poires de France

Gallimard Jeunesse

## A la recherche des ancêtres du prince de Motordu

Un jour, le prince de Motordu et la princesse Dézécolle se promenaient au pied des ruines d'un vieux chapeau.

– Ah, comme ce chapeau devait être beau ! Mais, hélas, le temps est passé par là !

– Oui, reconnut Motordu, il lui est même passé dessus et ce chapeau en est tout aplati. Mes pauvres ancêtres ! S'ils pouvaient nous raconter leurs histoires !

– Oh, vous ne m'avez jamais parlé d'eux, dit la princesse.

– C'est vrai, reconnut le prince, les Motordu sont une très très vieille famille dont l'origine remonte à la nuit des dents, à l'époque de l'Homme de Crocs-mignons… !

– Je vous écoute, fit la princesse Dézécolle.

## Mon premier ancêtre s'appelait Peau-d'ordure

Il mangeait de la viande à pleines dents, ce qui les rendait brillantes. Pour cette raison on l'appela Crocs-mignons. Avec sa tribu, il vivait assez salement dans des crottes,

Les crottes étaient décorées de ceintures préhistoriques.

et le soir, il en éloignait les bêtes sauvages en allumant des grands bœufs.

Peau-d'ordure menait une vie rude et devait se battre contre les bêtes féroces dont il arrachait les peaux pour se vêtir.

Déguisé en mammouth, par exemple, il amusait beaucoup les autres membres de la tribu avec son manteau de fou-rire.

De grands bœufs éloignaient les bêtes féroces.

L'ancêtre de Motordu vivait à l'âge de bière.

## Les Gros-doigts contre Jules Lézard

Notre pays s'appelait alors la Gaule. Ses habitants avaient appris à cultiver, à tisser, ou à fabriquer des armes ou des bijoux.

Les enfants devaient obéir au maître des Gaules.

Les Gros-doigts étaient donc à la fois costauds et habiles.

Un général romain, Jules Lézard, eut l'idée d'envahir ce beau pays mais il trouva sur sa route un chef gros-doigts, Etorix, qui ne cessait de le narguer tel un singe, du fond de sa verte forêt.

Jules Lézard, qui adorait faire la sieste au soleil, finit par s'énerver.

Il captura le vert singe Etorix, et l'enferma dans une cage pour l'expédier à Rome. Quant à mon ancêtre, Emaux-d'or-dur, il continua à fabriquer les bijoux de ses gros-doigts.

L'empereur Jules Lézard.

# Le sire de Mont-tordu

Le roi Clou-vis inventa l'armure métallique.

Un château-porc.

Ayant toujours l'épée, la hache ou la lance à la main, les saigneurs font couler le sang.

Ils construisent des châteaux-porcs sans salles de bains où ils vivent comme des cochons.

Mais ils protègent aussi les paysans qui, autour du château, cultivent le blé ou font de l'élevache de bêtes à cornes.

Le cheval est la source d'énergie la plus utilisée. On voit apparaître les premiers poulains à vent et les poulains à eau.

Assez malheureux, les gens de cette époque sont très religieux. Ils croient aux « part-de-radis » où ils n'auront plus jamais faim après leur mort et à l'envers qui est un endroit maudit.

Le bon sire de Mont-tordu se rendit célèbre en aidant à la construction de réglisses de style roman.

Réglise de style roman.

Charlemagne inventa les colles pour obliger les enfants à rester tranquilles, le temps d'apprendre à lire et à écrire.

Enfant collé.

## Quelques rois de France

Le roi Cinq-Louis rendait la justice sous un chêne en cachant des louis d'or dans ses mains.

– Combien ai-je de pièces dans ma main ? demandait-il à un voleur qu'on lui présentait.

Si le voleur répondait « cinq », le roi disait :
– C'est juste ! Et il le libérait.

Si le voleur se trompait, le roi Cinq-Louis l'emprisonnait.

Louis Ronce avait de nombreux ennemis qu'il enfermait dans des oubliettes. Il oubliait même de faire entretenir les alen-

Cinq-Louis        Louis Ronce

tours de ces sinistres prisons envahies alors par les orties et les ronces. D'où le nom du terrible roi Louis Ronce !

François Pommier adorait les fruits. Aussi se fit-il construire des châteaux au bord de la Poire, le fleuve le plus long de notre pays. Mais le bon François préférait les pommes et se fit appeler François Pommier.

Henri Tarte était gourmand de tartes mais il s'en mettait partout. Sa femme lui confectionna un col spécial pour qu'il ne salisse point son bel habit. Elle appela cela une fraise et Henri, le maladroit, devint bientôt le spécialiste de la tarte aux fraises.

François Pommier          Henri Tarte

# Les voyages de Mât-tordu

Grâce à l'invention de la poule seule, les navigateurs s'élancent sur les étendues mystérieuses des océans. Ils emportent à bord de leurs navires à toiles une poule seule.

Celle-ci s'ennuie. Elle regrette la basse-cour et tous les animaux de la ferme.

Aussi, sans se lasser, elle indique le porc, c'est-à-dire

Une belle invention, la poule seule qui indique le porc.

mais, c'est la mairie que je vois là-bas...!

une direction à suivre pour retrouver son petit monde.

Les navigateurs font confiance à la poule seule qui leur permet ainsi de découvrir un nouveau monde après avoir admiré les évolutions des marraines et autres craches-à-l'eau.

Le plus célèbre de ces navigateurs est Christophe Colomb. Quant à Magellan, il alla d'une mère à l'autre pour faire le tour du monde.

Mât-tordu, le compagnon de route de Magellan, fit le tour du monde.

# Louis Carrosse, le roi Sommeil

Ce roi n'aime pas Paris. Il fait agrandir le chapeau de son père Louis Fraise (le fils d'Henri Tarte) et s'y rend souvent en carrosse pendant les travaux. Puis il y donne des fêtes somptueuses qui durent des nuits entières.

Le lendemain, le roi a du mal à ouvrir les yeux.

On le surnomme alors le roi Sommeil.

Perruche de l'époque de Louis Carrosse.

Quand le riche roi Louis dort, il est défendu de l'approcher.

Le roi Sommeil ne fait pas seulement la tête dans son chapeau de Versailles.

Ses guerres coûtent cher au pays, et la fin de la vie du roi Sommeil est un cauchemar pour les paysans qui accueillent sa mort avec joie.

Parmi les couturiers du roi on cite le nom du prince de Peaux-dodues qui habillait les dames de la Cour.

Ruiné, le prince de Peau tordue ne veut pas, en puce, qu'on lui coupe le pou.

En 1789, les Français sont de plus en plus nombreux à se plaindre :

– Les rats nous prennent tout ! Mort aux rats !

A force de crier son malheur, le peuple de Paris en a mal à la gorge. Aussi les gens décident-ils de prendre tous ensemble la Pastille, le 14 juillet 1789.

Le rat de France de l'époque perd alors son trône. Son nom est Louis Chaise.

Les révolutionnaires portent le beau nez phrygien.

Mais même sur une chaise, il continue à mener la belle vie jusqu'à ce qu'on lui coupe la fête. Beaucoup de nobles sont guillotinés, et les ennemis de cette transformation de la société appellent cette époque la Crévolution française qui menace de leur couper le cou. Le vieux prince de Peau tordue comprend qu'une ère nouvelle est arrivée et il crie : « Vive la paix publique ! »

Le roi Louis Chaise est privé de son trône.

Le drapeau de la ration française. Du pain pour tout le monde !

On a mis le feu à mon chapeau, il faut que je chauve ma tête !

## Napoléon

Après la Révolution, un Corse du nom de Pomme à Tarte, après avoir livré plusieurs pagaïes avec les armées de la République, devient le chef de la France.

Ayant fait enterrer un très grand nombre de soldats, amis ou ennemis, il se fait même couronner Enterreur des Français.

Pagaïe de Wagram

Pagaïe de Lodi

Il devient l'Enterreur Napoléon Premier.

Il organise notre pays, mais il sème la panique hors de nos frontières parmi les rats européens. Ceux-ci ne veulent pas connaître le sort du rat Louis Chaise.

Aussi les puces de Lucie, les sanglés d'Angleterre et les autres chiens d'Autriche le font prisonnier.

Ils font vinaigre pour l'envoyer sur l'huile de Sainte-Hélène.

C'est là qu'il finira sa vie, triste et salade.

Pagaïe d'Austerlitz

Pagaïe de Marengo

Pagaïe de Waterloo

# D'abord l'école et oublie ta poire!

C'est ce que disent désormais les parents à leurs enfants.

Avant Jules Ferry, ceux-ci préféraient plutôt aller manger les poires dans les vergers.

Des énergies nouvelles sont nées. Les écoliers doivent les maîtriser et apprennent à dompter sur leurs doigts la force de l'eau, de la vapeur, de l'électricité.

Enfant illettré aimant les lisses poires.

Les bons s'élèvent, promettent leurs instituteurs.

Très puissante, la France envahit alors les pays lointains d'Afrique et d'Asie. Les explorameurs remontent des fleuves inconnus. C'est le temps des colonies.

Ailleurs, de grands savons glissent en traîneau jusqu'aux pôles de la planète.

Enfant instruit aimant les lisses poires de France.

Explorameur rencontrant une hippopodame sur un croco d'île.

## Le siècle des moteurs durs !

Le 19ᵉ siècle est celui des mécaniciens et des énergies nouvelles.

En faisant chauffer l'eau avec du chardon (ça pique, l'eau chaude !), on découvre la puissance des machines à vapeur.

Grâce à son bicrosscope, le savant Pasteur étudie les microbes et les maladies.

Les ouvriers ont la vie dure dans les usines où ils transpirent. L'un d'eux déclare :

– Je veux cesser de travailler pour m'éponger, c'est mon droit ! S'éponger payé (on appelle ça les vacances), ce sera hélas pour bien plus tard, en 1936.

Dans le ciel de Paris, depuis 1889, se dresse une tour de 300 mètres de haut, entièrement métallique.

La tour est faible.

– La tour est faible, en cas de tempête, elle nous tombera dessus, proclament ses adversaires.

# Les grandes inventions

La rate à tonnerre protège les maisons de la foudre.

La photoravie garde le souvenir de personnes aimées.

Les bobomobiles ont transformé la vie mais sont dangereuses.

L'avion à délices permet aux hommes d'égaler les oiseaux.

Le chemin de frères permet aux sœurs de se retrouver en famille.

Le bateau à voile remplace le bateau à lame qui fendait l'eau.

Grâce au bateau à menteur, des voyageurs font des récits parfois extravagants.

La féléevision rend les gens un peu plus fous quand elle est trop regardée.

## La vie dans la France de nos tours

La plupart des Français habitent maintenant en ville dans des tours. Les autres résident dans des saisons particulières entourées de jardins. Ils y constatent les différences entre l'été, le printemps, l'automne et l'hiver.

Les gens sont mieux soignés dans les hôpitaux où les chirurchiens montent la garde contre les maladies. Pourtant, trop de gens sont privés de travail et sont inscrits au dommage.

Bien sûr, il y a encore des voleurs ou des assassins, mais ces derniers ne sont plus saignés comme des cochons en prison : la peine de porc est supprimée.

Une fois l'été arrivé, les vacanciers foncent comme des mouches en direction de la Botte d'Azur. Sur l'autoroute se forment alors des moucherons qui les retardent beaucoup.

# La déclaration de terre

Les peuples habitent des pays mais souvent ils pensent qu'ils auraient besoin d'un peu plus de terre, celle du pays voisin, par exemple. Alors ils se déclarent la terre pour s'agrandir.

Toute l'histoire de notre pays contient de tels épisodes malheureux.

1. Soldat    2. Soldat baissé    3. Soldat corps.

Jadis, les gens se battaient à l'été et se donnaient des coups de soleil. Maintenant, ils se tuent à coups de furies. Les soldats qui reçoivent des blessures sont cruellement baissés.

Après la pagaïe, on ramasse les corps et les baissés.

Les militaires de plus en plus cruels emmènent des tombes dans les avions et jettent les tombes sur les maisons. Trop de gens sont déjà morts sous les tombes pendant les guerres.

## Un nouveau siècle

– De nos jours, il n'y a plus de roi en France, soupira le prince de Motordu.

– Les temps ont changé, remarqua la princesse Dézécolle. Nous vivons en paix publique. Le président de la paix publique remplace le roi.

– Oui, les rois sont morts. Vive les très vivants de la paix publique !

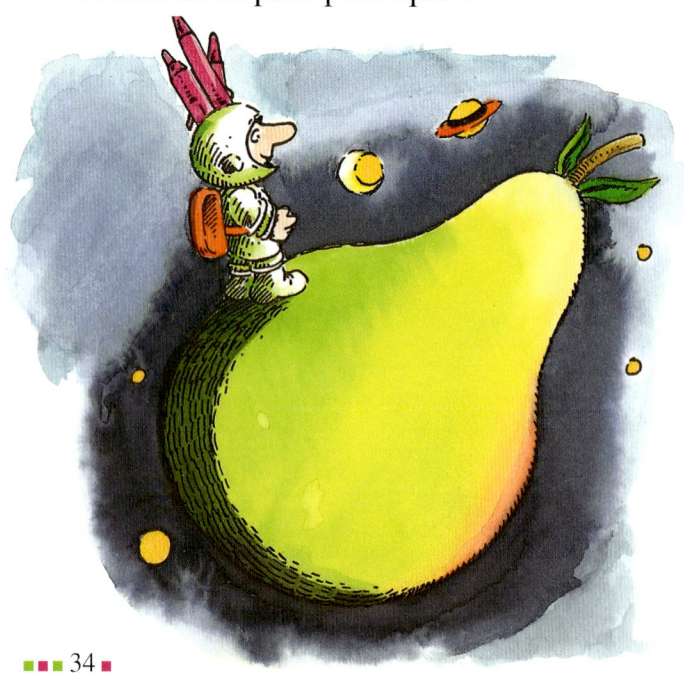

– Et que sera demain ? demanda le prince. Nos enfants iront-ils explorer les poires nettes du système solaire ?

– Je l'espère, souhaita la princesse, à condition qu'ils ne fassent pas les andouilles avec l'atome de Terre.

Les gens pensent en effet qu'avec l'atome de Terre, ils connaîtront un bonheur sans faim. Pourtant, s'ils font sauter l'atome de Terre, l'Humanité se retrouvera à poêle et beaucoup passeront à la casserole.

– Quelles patates les hommes s'ils en arrivaient là ! soupira Motordu.

# Les ancêtres de Motordu

1. « Peau-d'ordure » homme préhistorique.
2. « Pot-tordu » poète du Moyen Age.
3. « Tôle-tordue » chevalier des croisades.
4. « Os-tordu » pirate des mers du Sud.
5. « Broc-tordu » aubergiste de Touraine.
6. « Môme-tordu » instituteur.

7. « Mât-tordu » navigateur de la route des Indes.
8. « Peaux-dodues » couturier du roi.
9. « Peau-mordue » chasseur de loups.
10. « Paul Tortue » savant naturaliste.
11. « Saut-tordu » champion olympique à la perche.
12. Si tu te sens tordu colle ici ta photo !

■■■ L'AUTEUR-ILLUSTRATEUR ■

Né en 1939, fils de maîtresse d'école, **Pef** a vécu toute son enfance dans des cours de récréation. Il a pratiqué les métiers les plus variés comme journaliste ou essayeur de voitures de course. A trente-huit ans et deux enfants, il dédie son premier livre *Moi, ma grand-mère...* à la sienne, qui se demande si seulement son petit-fils sera sérieux un jour. C'est ainsi qu'il devient auteur-illustrateur pour la joie des enfants et invente en 1980 le prince de Motordu, personnage qui sera rapidement une véritable star. Lorsqu'il veut raconter ses histoires, Pef utilise deux plumes : l'une écrit et l'autre dessine. Depuis près de vingt-cinq ans, collectionnant les succès, Pef parcourt inlassablement le monde à la recherche des « glaçons » et des « billes » de toutes les couleurs, de la Guyane à la Nouvelle-Calédonie, en passant par le Québec ou le Liban. Il se rend régulièrement dans les classes pour rencontrer son public auquel il enseigne la liberté, l'amitié et l'humour.

■ DANS LA COLLECTION Folio Cadet ■ ■ ■

Contes classiques
et modernes

**La petite fille
aux allumettes,** 183

**La petite sirène,** 464

**Le rossignol
de l'empereur de Chine,** 179

de Hans Christian Andersen
illustrés par Georges Lemoine

**Le cavalier Tempête,** 420
de Kevin Crossley-Holland
illustré par Alan Marks

**La chèvre de M. Seguin,** 455
d'Alphonse Daudet
illustré par François Place

**Nou l'impatient,** 461
d'Eglal Errera
illustré par Aurélia Fronty

**Prune et Fleur de Houx,** 220
de Rumer Godden
illustré par Barbara Cooney

**Les 9 vies d'Aristote,** 444
de Dick King-Smith
illustré par Bob Graham

**Histoires comme ça,** 316
de Rudyard Kipling
illustré par Etienne Delessert

**Les chats volants,** 454
d'Ursula K. Le Guin
illustré par S. D. Schindler

**La Belle et la Bête,** 188
de Mme Leprince de Beaumont
illustré par Willi Glasauer

**Contes d'un royaume
perdu,** 462
d'Erik L'Homme
illustré par François Place

**Mystère,** 217
de Marie-Aude Murail
illustré par Serge Bloch

**Contes pour enfants
pas sages,** 181
de Jacques Prévert
illustré par Elsa Henriquez

**La magie de Lila,** 385
de Philip Pullman
illustré par S. Saelig Gallagher

**Une musique magique,** 446
de Lara Rios
illustré par Vicky Ramos

**Du commerce
de la souris,** 195
d'Alain Serres
illustré par Claude Lapointe

*Les contes du Chat perché*

**L'âne et le cheval,** 300

**Les boîtes de peinture,** 199

**Le canard et la panthère,** 128

**Le cerf et le chien,** 308

**Le chien,** 201

**L'éléphant,** 307

**Le loup,** 283

**Le mauvais jars,** 236

**Le paon,** 263

**La patte du chat,** 200

**Le problème,** 198

**Les vaches,** 215
de Marcel Aymé
illustrés par Roland
et Claudine Sabatier

■■■ DANS LA COLLECTION FOLIO CADET ■

AVENTURE

**Le meilleur des livres,** 421
d'Andrew Clements
illustré par Brian Selznick

**Panique
à la bibliothèque,** 445
de Eoin Colfer
illustré par Tony Ross

**Le poisson de la chambre 11,**
452
de Heather Dyer
illustré par Peter Bailey

**Le poney dans la neige,** 175
de Jane Gardam
illustré par William Geldart

**Faim de loup,** 453
de Yves Hughes
illustré par Joëlle Jolivet

**Longue vie aux dodos,** 230
de Dick King-Smith
illustré par David Parkins

**Une marmite pleine d'or,** 279
de Dick King-Smith
illustré par William Geldart

**L'enlèvement de
la bibliothécaire,** 189
de Margaret Mahy
illustré par Quentin Blake

**Le lion blanc,** 356
de Michael Morpurgo
illustré par Jean-Michel Payet

**Le secret de grand-père,** 414

**Toro ! Toro !** 422
de Michael Morpurgo
illustrés par Michael Foreman

**Jour de Chance,** 457
de Gillian Rubinstein
illustré par Rozier-Gaudriault

**Sadi et le général,** 466
de Katia Sabet
illustré par Clément Devaux

**Les poules,** 294
de John Yeoman
illustré par Quentin Blake

FAMILLE,
VIE QUOTIDIENNE

**L'invité des CE2,** 429
de Jean-Philippe Arrou-Vignod
illustré par Estelle Meyrand

**Clément aplati,** 196
de Jeff Brown
illustré par Tony Ross

**Le goût des mûres,** 310
de Doris Buchanan Smith
illustré par Christophe Blain

**Je t'écris, j'écris,** 315
de Geva Caban
illustré par Zina Modiano

**Little Lou,** 309
de Jean Claverie

**J'aime pas la poésie !** 438
de Sharon Creech
illustré par Marie Flusin

**Danger gros mots,** 319
de Claude Gutman
illustré par Pef

**Sarah la pas belle,** 223

**Sarah la pas belle
se marie,** 354

■ DANS LA COLLECTION FOLIO CADET ■ ■

**Le journal de Caleb,** 441
de Patricia MacLachlan
illustrés par Quentin Blake

**Victoire est amoureuse,** 449
de Catherine Missonnier
illustré par A.-I. Le Touzé

**Oukélé la télé ?** 190
de Susie Morgenstern
illustré par Pef

**Nous deux, rue Bleue,** 427
de Gérard Pussey
illustré par Philippe Dumas

**Le petit humain,** 193
d'Alain Serres
illustré par Anne Tonnac

**Petit Bloï,** 432
de Vincent de Swarte
illustré par Christine Davenier

**La chouette qui avait peur du noir,** 288
de Jill Tomlinson
illustré par Susan Hellard

**Lulu Bouche-Cousue,** 425

**Ma chère momie,** 419

**Soirée pyjama,** 465

**Le site des soucis,** 440
de Jacqueline Wilson
illustrés par Nick Sharratt

LES GRANDS AUTEURS
POUR ADULTES ÉCRIVENT
POUR LES ENFANTS

BLAISE CENDRARS

**Petits contes nègres pour les enfants des Blancs,** 224
illustré par Jacqueline Duhême

ROALD DAHL

**Un amour de tortue,** 232

**Un conte peut en cacher un autre,** 313

**Fantastique maître Renard,** 174

**La girafe, le pélican et moi,** 278
illustrés par Quentin Blake

**Le doigt magique,** 185
illustré par Henri Galeron

**Les Minuscules,** 289
illustré par Patrick Benson

JEAN GIONO

**L'homme qui plantait des arbres,** 180
illustré par Willi Glasauer

J.M.G. LE CLÉZIO

**Balaabilou,** 404
illustré par Georges Lemoine

**Voyage au pays des arbres,** 187
illustré par Henri Galeron

MICHEL TOURNIER

**Barbedor,** 172
illustré par Georges Lemoine

**Pierrot ou les secrets de la nuit,** 205
illustré par Danièle Bour

MARGUERITE YOURCENAR

**Comment Wang-Fô fut sauvé,** 178
illustré par Georges Lemoine

■ ■ ■ DANS LA COLLECTION FOLIO CADET ■

RETROUVEZ VOS HÉROS

*Avril*

**Avril et la Poison,** 413

**Avril est en danger,** 430

**Avril prend la mer,** 434
d'Henrietta Branford
illustrés par Lesley Harker

*William*

**L'anniversaire
de William,** 398

**William et la maison
hantée,** 409

**William et le trésor
caché,** 400

**William change de tête,** 418
de Richmal Crompton
illustrés par Tony Ross

*Les premières aventures
de Lili Graffiti*

**Lili Graffiti fait
du camping,** 447

**7 bougies pour
Lili Graffiti,** 448

**Lili Graffiti fait du manège,** 459

**Lili Graffiti va à l'école,** 463

*Les aventures de Lili Graffiti*

**Lili Graffiti,** 341

**Les vacances
de Lili Graffiti,** 342

**La rentrée
de Lili Graffiti,** 362

**Courage, Lili Graffiti !** 366

**Un nouvel ami
pour Lili Graffiti,** 380

**Lili Graffiti voit rouge,** 390

**Rien ne va plus
pour Lili Graffiti,** 395

**Moi, Lili Graffiti,** 411

**Lili Graffiti est verte de
jalousie,** 458
de Paula Danziger
illustrés par Tony Ross

*Mademoiselle Charlotte*

**La nouvelle maîtresse,** 439

**La mystérieuse
bibliothécaire,** 450

**Une bien curieuse
factrice,** 456
de Dominique Demers
illustrés par Tony Ross

*Les Massacreurs de Dragons*

**Le nouvel élève,** 405

**La vengeance
du dragon,** 407

**La caverne maudite,** 410

**Une princesse
pour Wiglaf,** 417

**Le chevalier
Plus-que-Parfait,** 442

**Il faut sauver messire
Lancelot !** 443

■ DANS LA COLLECTION FOLIO CADET ■■■

**Le tournoi des Supercracks,** 460
de Kate McMullan
illustrés par Bill Basso

*Amélia*
**Le cahier d'Amélia,** 423
**L'école d'Amélia,** 426
**Docteur Amélia,** 435
de Marissa Moss

*Amandine Malabul*
**Amandine Malabul sorcière maladroite,** 208
**Amandine Malabul la sorcière ensorcelée,** 305
**Amandine Malabul la sorcière a des ennuis,** 228
**Amandine Malabul la sorcière a peur de l'eau,** 318
de Jill Murphy

*La famille Motordu*
**Les belles lisses poires de France,** 216
**Dictionnaire des mots tordus,** 192
**L'ivre de français,** 246
**Leçons de géoravie,** 291
**Le livre de nattes,** 240
**Motordu a pâle au ventre,** 330
**Motordu as à la télé,** 336
**Motordu au pas, au trot, au gras dos,** 333
**Motordu champignon olympique,** 334
**Motordu est le frère Noël,** 335
**Motordu et le fantôme du chapeau,** 332
**Motordu et les petits hommes vers,** 329
**Motordu et son père Hoquet,** 337
**Motordu sur la Botte d'Azur,** 331
**Silence naturel,** 292
de Pef

*Harry-le-Chat, Tucker-la Souris et Chester-le-Grillon*
**Harry-le-Chat et Tucker-la-Souris,** 436
**Un grillon dans le métro,** 433
de George Selden,
illustrés par Garth Williams

*Eloïse*
**Eloïse,** 357
**Eloïse à Noël,** 408
**Eloïse à Paris,** 378
de Kay Thompson
illustrés par Hilary Knight

■■■ DANS LA COLLECTION FOLIO CADET ■

*Les Chevaliers en herbe*

**Le bouffon de chiffon,** 424

**Le monstre
aux yeux d'or,** 428

**Le chevalier fantôme,** 437

**Dangereux complots,** 451
d'Arthur Ténor
illustrés par D. et C. Millet

BIOGRAPHIES
DE PERSONNAGES CÉLÈBRES

**Louis Braille, l'enfant
de la nuit,** 225
de Margaret Davidson
illustré par André Dahan

**La métamorphose d'Helen
Keller,** 383
de Margaret Davidson
illustré par Georges Lemoine